This book belongs to

_____

_____

_____

BISCUIT

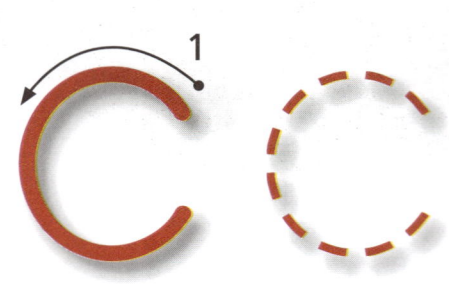

CHOCOLATE

C C C C C C C C C C C C C C

C C C C C C C C C C C C C C

C C C C C C C C

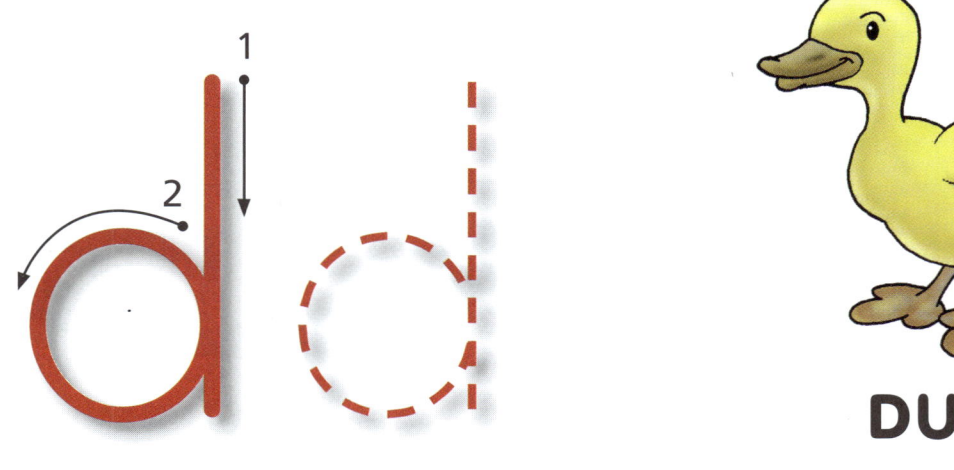

DUCK

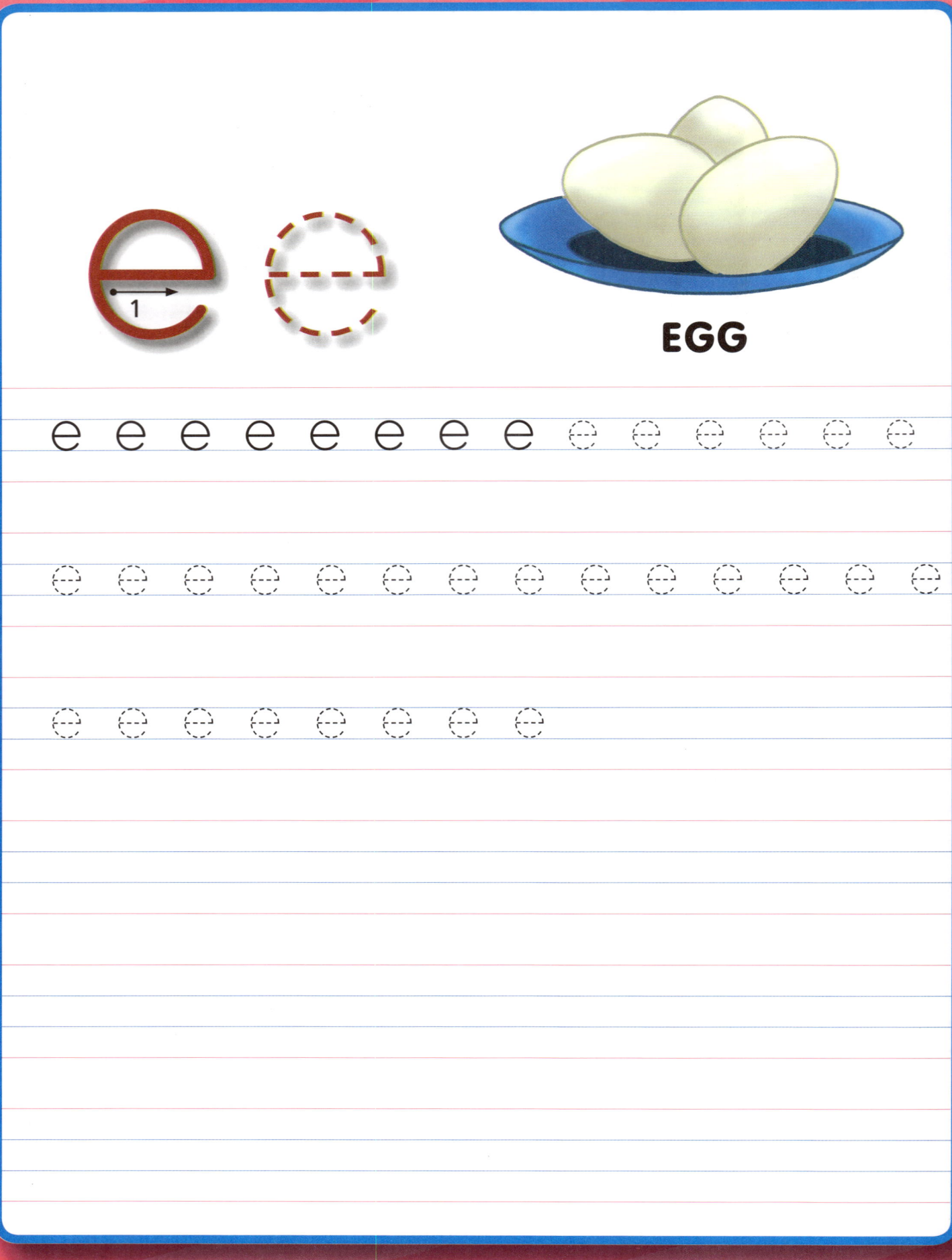

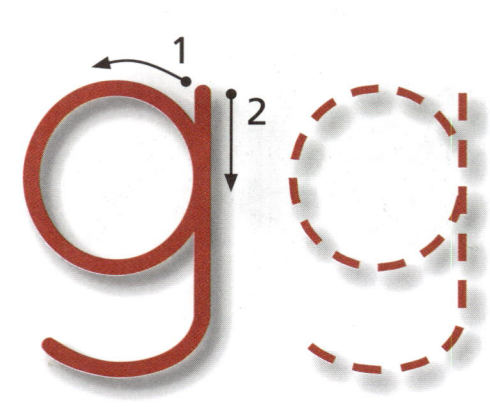

GRAPES

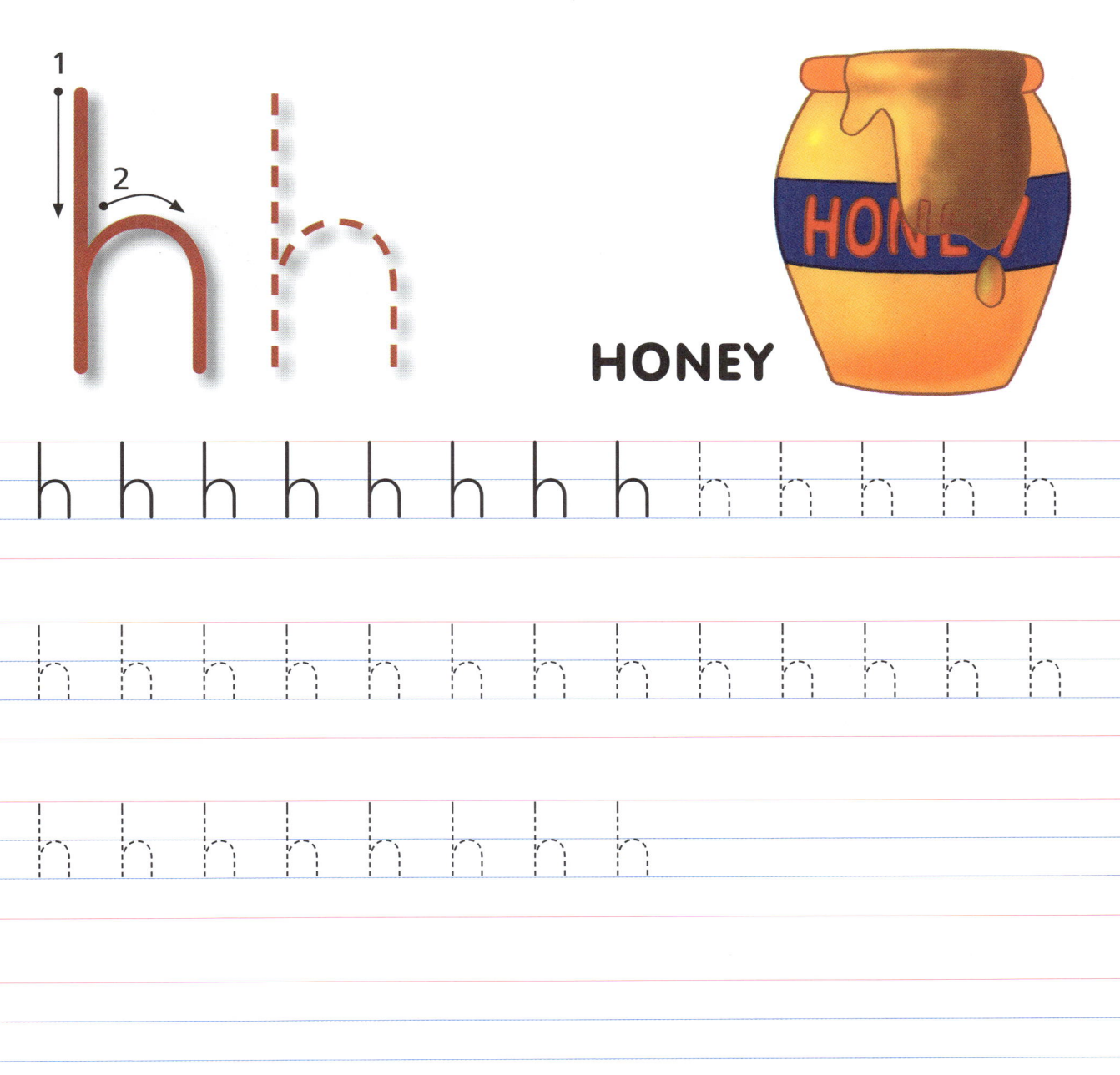

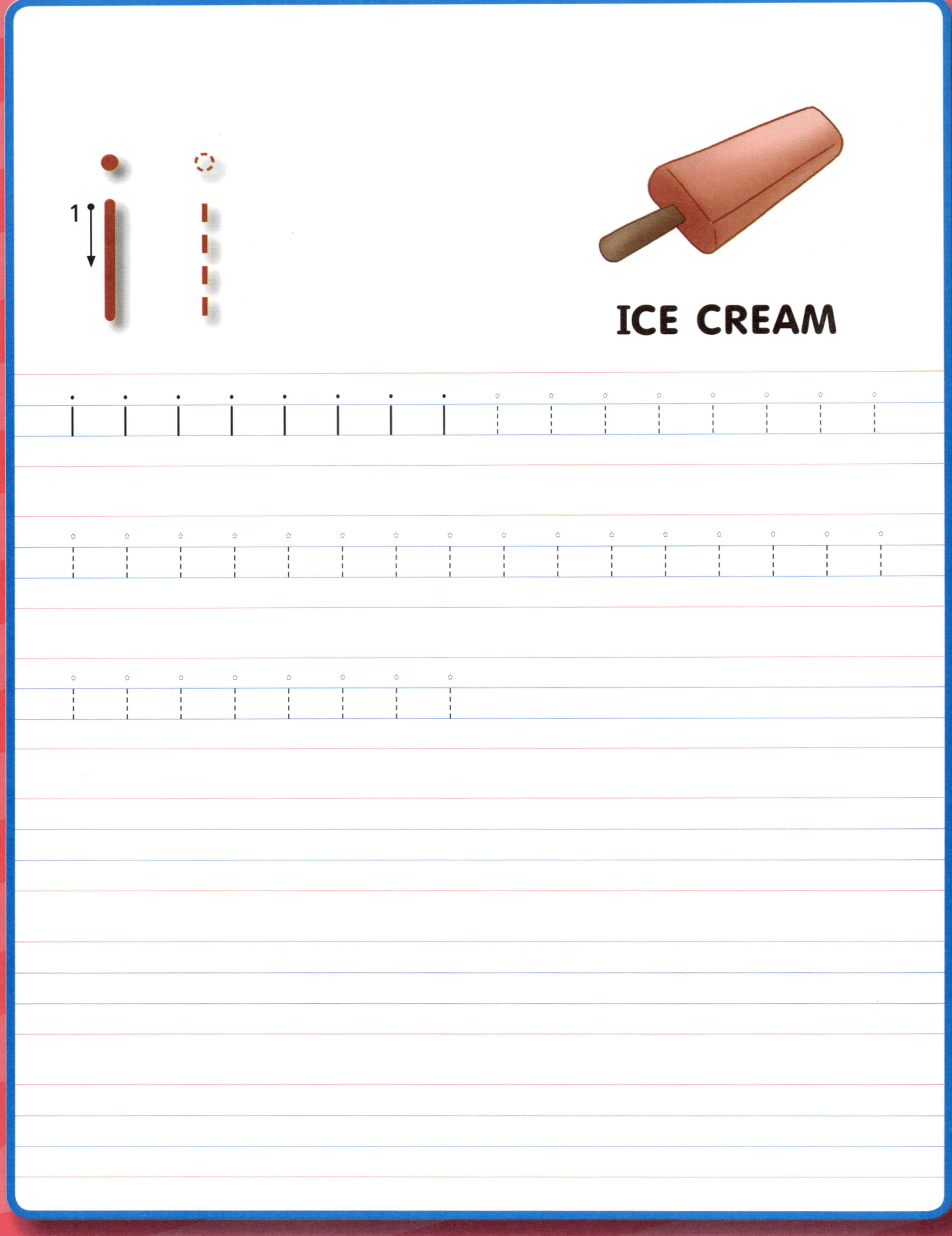

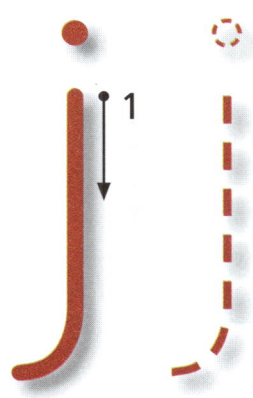

JEEP

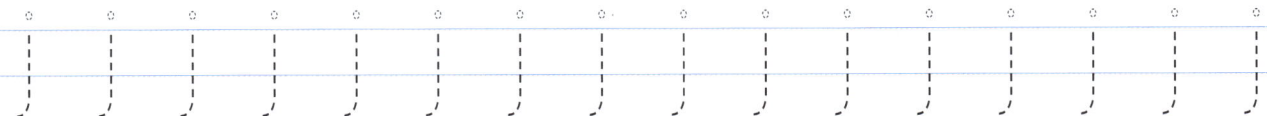

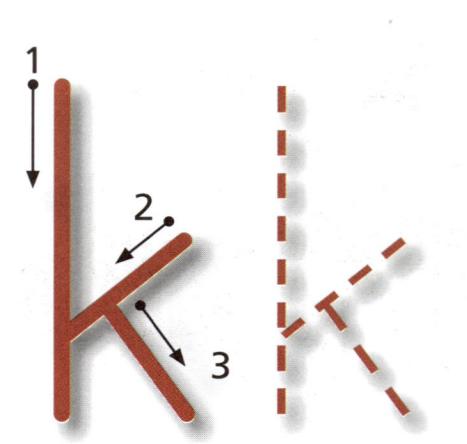

KITE

k k k k k k k k k k k k

k k k k k k k k k k k k

k k k k k k k

LION

MILK

m m m m m m m m m m m m m

m m m m m m m m m m m m m

m m m m m m m

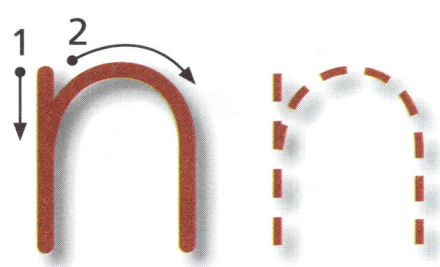 

NET

n n n n n n n n n n n n n n n

n n n n n n n n n n n n n n

n n n n n n n

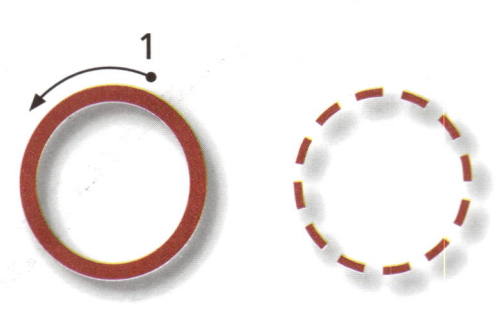

OWL

O O O O O O O O O O O O O O O

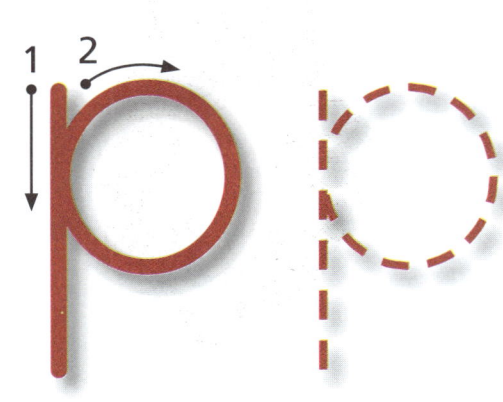

PINEAPPLE

p p p p p p p p p p

p p p p p p p p p p p p p p

p p p p p p p

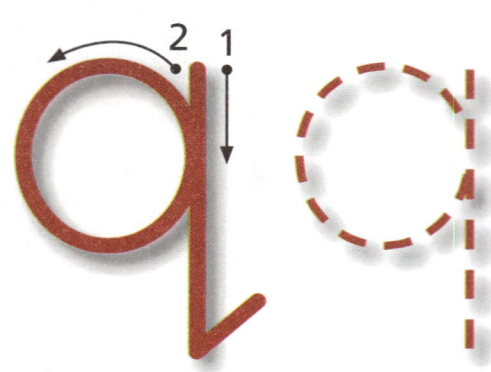

QUEEN

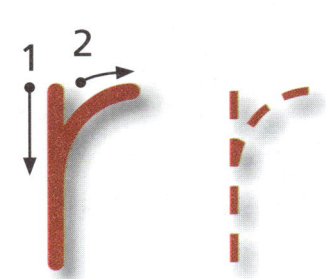

RAT

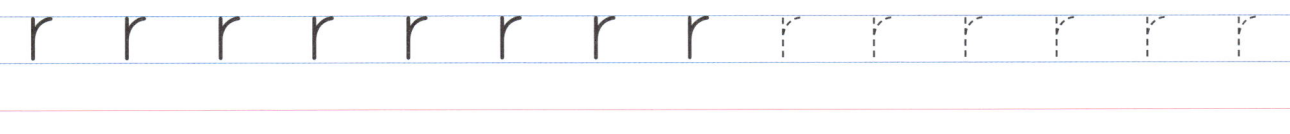

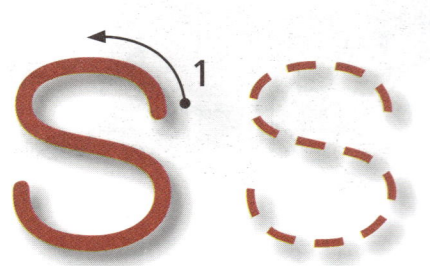

STRAWBERRY

S S S S S S S S S S S S S S

S S S S S S S S S S S S S S

S S S S S S

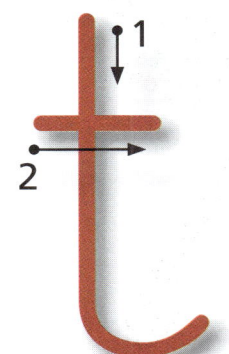

TOMATO

t t t t t t t t t t t t t t t

t t t t t t t t t t t t t t t

t t t t t t t

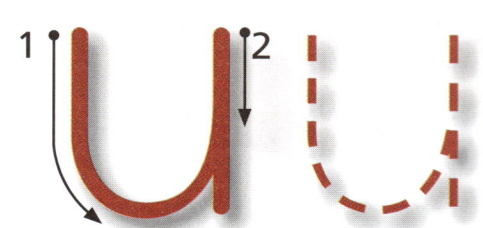

UMBRELLA

u u u u u u u u u u u u u u u

u u u u u u u u u u u u u u u

u u u u u u u u u

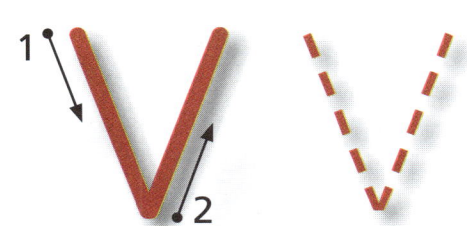 

VAN

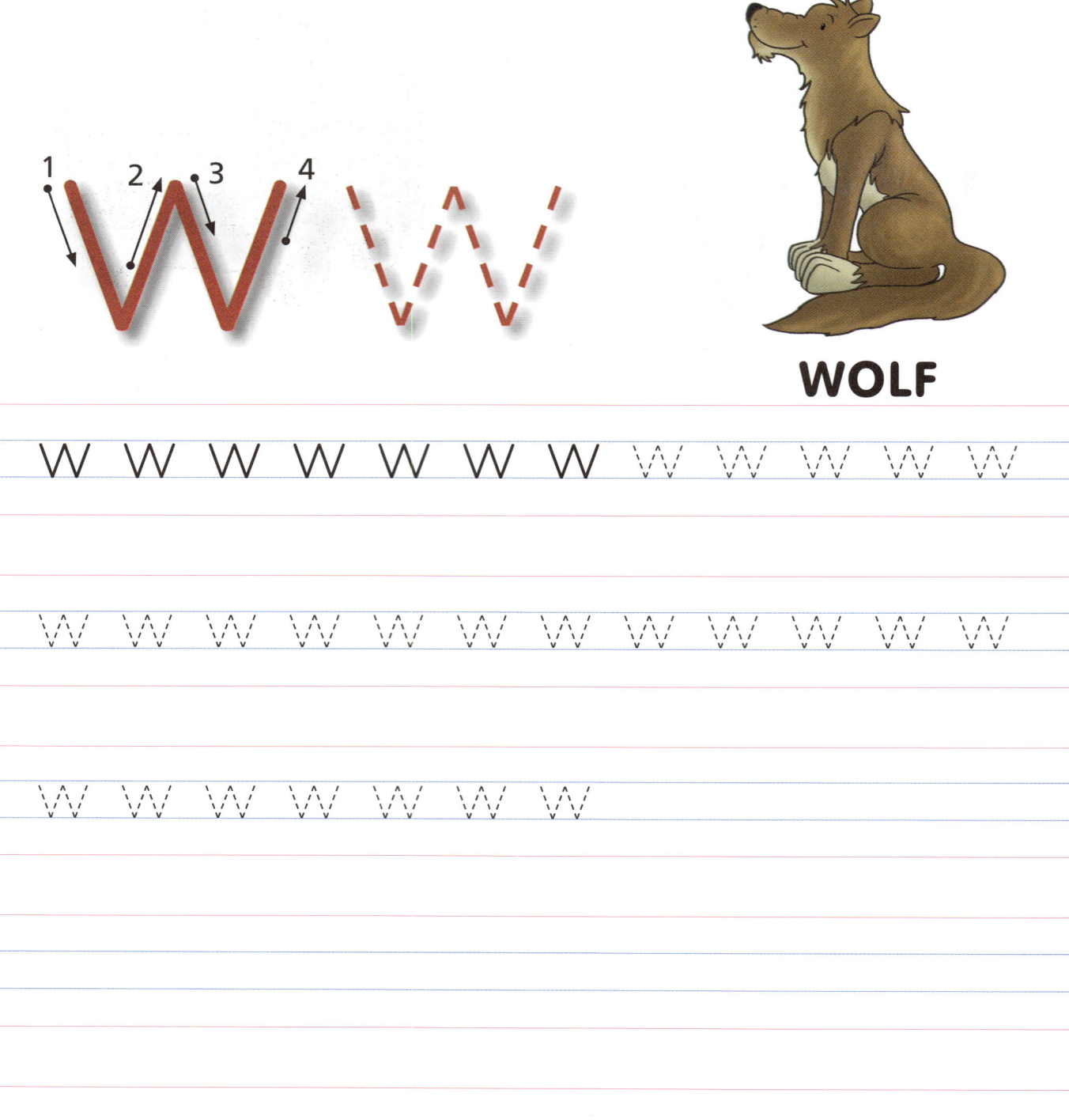

WOLF

 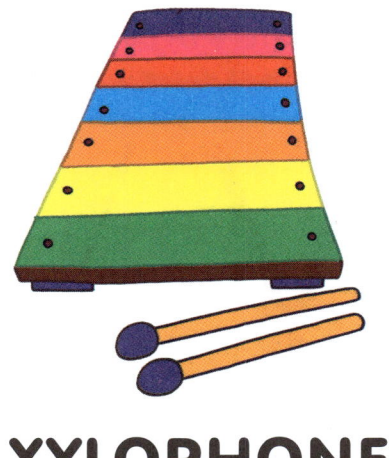

XYLOPHONE

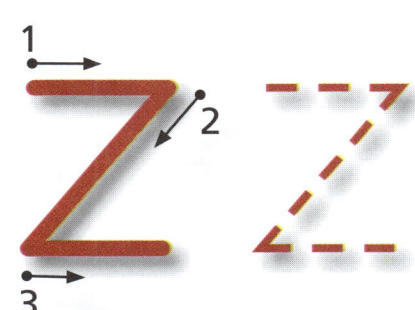

ZEBRA

Z Z Z Z Z Z Z Z Z Z Z Z Z

Z Z Z Z Z Z Z Z Z Z Z Z Z

Z Z Z Z Z Z Z

Small Alphabet

a	b	c	d	e	f
g	h	i	j	k	l
m	n	o	p	q	r
s	t	u	v	w	x
		y	z		

Capital Alphabet

A B C D E F
G H I J K L
M N O P Q R
S T U V W X
Y Z

Practice Alphabet

 aaaa

 bbbb

 cccc

 dddd

 eeee

 ffff

 gggg

 hhhh

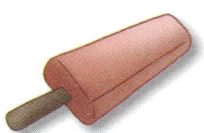 iiii

 jjjj

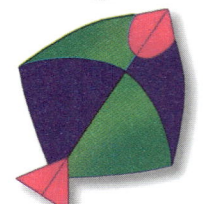 kkkk

 llll

 mmmm

Practice Alphabet

 nnnn

 oooo

 pppp

 qqqq

 rrrr

 ssss

 tttt

 uuuu

 vvvv

 wwww

 xxxx

 yyyy

 zzzz

Match the following